◎雪青

著

南方出版社

图书在版编目（CIP）数据

与风吟 / 雪青著. -- 海口：南方出版社，2025.
5. -- ISBN 978-7-5501-9850-0

Ⅰ. I227

中国国家版本馆CIP数据核字第20258U7L77号

与风吟
YUFENGYIN

作　者	雪　青
责任编辑	白　娜
整体设计	建明文化
策划出版	北京泥流文化传媒
出版发行	南方出版社
邮政编码	570208
社　址	海南省海口市和平大道70号
电　话	（0898）66160822
传　真	（0898）66160830
印　刷	三河市华东印刷有限公司
开　本	880mm×1230mm　1/32
字　数	120千字
印　张	7
版　次	2025年5月第1版
印　次	2025年5月第1次印刷
书　号	ISBN 978-7-5501-9850-0
定　价	55.00元

告 读 者：如发现本书印装质量问题请与印刷厂质量科联系　T：010-85717689

PREFACE 自序

　　《与风吟》是我的第四本诗集，与前三本联系起来看，倒像是一个系列的最后一本，也像是某一个故事的尾声。每本诗集呈现的，其实更像是一段内在探索与发现之旅。在这条向内探寻的路上，心灵也仿佛经历了天真烂漫、黯然神伤、柳暗花明、豁然开朗等诸多景象，偶尔还会遇见那涌动的愁海、伤感的迷雾、了悟的微光，又或绽放的芬芳。与此同时，生命似乎也正在显化着属于它自身的奇迹与美好。

　　也许是因为在这本书的写作过程中我在经历一些生活上的转变，有幸多了与大自然相处的机会，所以在诗集内容上也会更多呈现与大自然之间的联结与回应。待到第四本写完的时候，才意识到原来自己的写作之路已一步步悄然展开了。对于写作，我像是从一开始单凭着一股子不管不顾般的热忱，变得越来越有意识了。这也许与我对待生命的态度相呼应吧。

现在想来，在决定去往一条道路之前，最难的其实是一开始，而决定一旦做出，接下来的路也只会越走越清晰吧。对我而言，这条路更像是一条内在探寻之路，一条通往内在联结的道路。这条路也许并没有止境，无论它是否会以诗歌又或以其他的表达方式呈现在大家面前。

重要的是，一切已经开始了。就让我们同行一段路程，好吗？

CONTENTS 目录

讴　歌 001

一只飞蛾 002

又是一夜落雨声 003

她 004

海边的留言簿 006

山间寂雨 008

又见炊烟起 010

无名的野花 012

时间的谎 014

关于一朵花的谜 015

一颗鲜活的心 017

看见一朵云 019

烟火可亲的岁月 021

一种平平无奇　　　　　023

有一扇门　　　　　　　025

那些难以言说的　　　　027

烟火背后　　　　　　　029

早市里的一个笑　　　　031

誓要与这世间撞个满怀　033

一场久违的太阳雨　　　035

藏在时间里的恐惧　　　037

永恒流淌　　　　　　　039

时间的浪漫　　　　　　041

让生命绽放在每一刻　　043

原　点　　　　　　　　045

念念不忘　　　　　　　046

待岁月慢下来以后　　　047

雨后青山　　　　　　　049

被淹没的雨夜　　　　　051

不停看见　　　　　　　053

重　遇　　　　　　　　055

踏着月光　　　　　　　057

星与愿　　　　　　　　059

世间事　　　　　　　　　061

眼中的星辉　　　　　　062

山间的夜　　　　　　　064

他　　　　　　　　　　066

听　　　　　　　　　　068

一封给自己的信　　　　070

山间岁月　　　　　　　072

山之子　　　　　　　　074

梦中一场雨　　　　　　076

被困住的云或你　　　　078

从清晨醒来时　　　　　080

零落的翅膀　　　　　　082

风的形状　　　　　　　083

有些美　　　　　　　　084

夜色中的蝴蝶　　　　　085

黄昏的尽头　　　　　　086

漫画天空　　　　　　　087

你不知道的事　　　　　089

也许想象中更完美　　　091

勇敢的心　　　　　　　092

飞的理由　　　　　094

美好一如所是　　　096

一种缅怀　　　　　098

好久不见　　　　　100

岁月淡如歌　　　　102

最初的心　　　　　104

天空的底色　　　　106

有微风拂过　　　　108

生活的留白　　　　109

还记得吗　　　　　110

为了遇见　　　　　112

野草的独白　　　　114

不　染　　　　　　116

在一个清晨　　　　117

与　花　　　　　　119

回　应　　　　　　121

岁月无声　　　　　122

生活的每一帧　　　124

它　　　　　　　　126

大山的静默　　　　128

清晨山下   130

遇见微光   131

光的乐章   133

问　花   135

又一场立冬的雨   137

你的样子   139

真实的云   141

某个午后   143

远方的问候   145

一个答案   146

风起时   148

简单爱   150

彩虹国度   151

如果爱忘了   153

再见时已是深秋   155

在那一天   156

跳动的心   158

当时的明月   159

来自风中的记忆   161

你的笑   162

当幸福来临　　164

日上三竿　　166

当阳光再次洒落　　167

一个奇怪的梦　　169

过一种没有冲突的生活　　171

逢遇此生　　173

往生命的开阔处　　175

于真正的无知中　　177

经　过　　179

如果的话　　180

隐　　182

黄昏唱晚　　184

每每不忍心　　186

晨雾中日出　　188

偶　遇　　190

一半的湖面　　192

转　变　　193

说不清的美　　195

白色月光　　196

有一种热爱　　198

凤凰花盛开的山坡　　　　200

祭　奠　　　　202

参　　　　204

脚下的路　　　　206

生命总在自然中绽放　　　　207

诗意地活着　　　　209

讴　歌

谁还没有在年轻时讴歌过几回孤独

用以说明自己的与众不同

以及与其他人终究不一样

谁还没有在年轻时讴歌过几回爱情

用以说明自己所向往或拥有的

绝不仅是那些庸碌或俗常

谁还没有在年轻时讴歌过几回理想

用以说明自己的生活还不至于如一盘散沙

或一摊烂泥

而如今

我们大概都已经忘了该如何歌唱

当美好终于败给了惯常

当真诚正在一步步溃散

当热爱从此也羞于再谈

生活至此还剩下一些什么呢

可总该会剩下些什么吧

与一风一吟

一只飞蛾

面对生活

已不太敢有所期待

可也不想再继续抱残守缺了

面对过往

早已决定不再去追究

可内心却还有所坚守似的

面对自己

也想要学着顺其自然随遇而安

可又不甘心人云亦云随波逐流

那个想要成为什么人的想法

有时也让自己想要为了什么而活

也许依然还是那个

一面装着毫不在意

一面又被反复强调的自我

如同此时路灯下绕旋的一只飞蛾

挥之不去

而又不停地卷土重来着

又是一夜落雨声

又是一夜落雨声

雨声铿锵有力

仿佛象征着某种勃勃的生机

让一切都变得无可遮掩

于是回归清明

落雨声肆意侵袭着

席卷了还萦绕在人心头的那些芜乱

让自恋或自大也都立时无所归依了

像是一种古老的生命力

经久不息一般

听　雨水继续冲刷着

也许还隐藏在卑怯的背后

人也似消融在了一场雨里

她

她

也曾抱怨过命运的不公

一路拼尽全力地抗争

却在反复袭来的挫败感中精疲力竭

她

也曾跌入过几回情网

结果让自己遍体鳞伤

终于在一种无力的失望中迷失方向

但她却未曾真正妥协

也未曾停止过脚步

而是只一路向前

她说

她也许只是一场烟火

或是一粒微尘

但却仍希望自己的灵魂能得以永生

而今

与／风／吟

人们或许偶尔还能从一首歌里记起她

在那首歌里

她说

她想要成为一名诗人

海边的留言簿

已是多久不曾想拿起笔来写点什么了

现在翻看着客栈的留言簿上不知是谁留下的话语

竟像是读着世界上另一个自己的心绪

并试图捕捉那字里行间透露出的

一丝丝淡淡的伤感

看着纸本里讲述的那些似曾相识的故事

却意外在心上生出了一份久别重逢般的熟悉与温暖

原来我们只是自以为独特

也常误以为自己的悲伤是独一无二的

原来就算是素昧平生的两个人

心与心也可以是相通的

原来啊原来

我们只是自以为孤单

但却并非真正孤独地活

也许我们都曾同样地

妄想过要留住岁月里头的某一瞬

也曾想让这样的一颗心

与／风／吟

跟随着此时窗外一片并不总是安分的海浪

不停歇地漂泊向天空的另一端

又或许我们都曾同样祈愿

让这样的一份美好与感动长久地保留于心间

就像传说中的落霞与孤鹜

与一风一吟

山间寂雨

山间的雨

总是下得迅猛却沉寂

直到将山谷下成了空谷

像是要下进人心里

好在那里留下一片静谧

为了不至于侵扰它

人们连见面时也生怕讲一些多余的话

那意思仿佛是彼此之间都已经晓得了

关于在一场雨中的欢愉

抑或是那一份对于雨过天晴的希冀

而人与人之间也恰是在不说话时

却反而联结得愈加紧密

无论是小心地顾看

或是用心地陪伴

那体会都似比平常要来得越加深切

或淋漓　或酣畅

仿佛都只是因了一场雨

雨过后

一切又恢复了云淡风轻

只是雨中的那一抹静谧

却似悄然地渗透进了

这山间再寻常不过的日子里

又见炊烟起

人生有几回

又见炊烟起

才明白诗意的

原来是生活本身

燕子偶尔飞来

偶尔飞去

人们有时相聚

有时别离

泪水也总会在黑夜涤净灵魂

析出藏在心里头的那一份真

于是在伤痕累累中

我们学会了拥抱或亲吻

就让过去的悉数过去

一时天空的明澈

正衬出白云的灵动

人们彼此间不说话

却仿佛是自前世已相认

就让一切发生的发生

时间无情地流逝着

流逝着

终于叫人看懂了

那是瞬间的

也即是永恒

与风吟

无名的野花

山谷间总是肆意地开放着

许多未知名的野花

看似神采飞扬

朵朵惹人怜爱

仿佛从不会吝啬那样奔放的色彩

与恣意的美

那样的美

无私得就像是一种奉献

虔诚得更像是一种信仰

无论是生前

还是死后

它们或许都已注定无人问津

如同在这世上默默生活着的人们

正如我们一样

而现在当我注视着它

一时竟像是没有了我

也没有了花

此刻

在一片骄阳似火的蓝天下

我们都同样开得无名又坦荡

又像是都同样拥有着自由一般

时间的谎

再不用时间去衡量

无论是关于自我的样貌

还是情感的分量

再不用时间去修补

无论是误以为的残缺

还是那些所谓的伤

再不用时间去逃避

无论是通过那自以为是的思想

或是某种高深莫测的信仰

再不用时间去依恋

无论是那些有如梦幻般的拥有

抑或是如同宿醉般的得到

只有心知道

它本就是完整

只有爱知道

它自身有多美好

只有当你触碰到真实

似才终于识破了时间说下的谎

关于一朵花的谜

在一个滂沱的大雨天

听到了关于一朵花陨落的消息

于是人们纷纷停下了手中的忙碌

有的人开始分析起因

有的人则表达了遗憾

还有的人借此感叹着生命的无常与逝去

但每个人想要表达的或许都只是与自己相关

却唯独没有人真正地看见

无论是看见一朵花的凋零

还是看见一段生命的逝去

毕竟　生活原本就像一个谜

毕竟　谁也不必对此负什么责任

毕竟　常常连我们自己也说不清

关于每日生活

究竟是在为了生存而努力

又或更像是在不停地逃窜

为了不去正视那横亘在内心的恐惧

我们任由自己躲进一种所谓的模式之中

又或是选择逃进信仰里

并将终其一生地寻找着

一个能够称之为彻底安全的避风港

而关于究竟如何才能填补那心底的空虚

抑或该如何才能获得真正的安全

似也未曾找到过那答案

从此关于一朵花的凋零

便彻底地成为一个谜

与／风／吟

一颗鲜活的心

明明已经走了很远的路

感觉却又像回到了最初

这颗心或许从来就未曾离开过

又或许它总是等在同一个地方

等待着被自己了解或看见

为此它有时会显得小心翼翼

或可以说是十分警醒

也许只是为了不让自己蒙尘

它会时刻洞察着自己的起心动念

并记得时时拂去那些无名与虚妄

它会让活着发生在每一刻

也许它并非想象中的那般变幻莫测

却反而更像是躲藏在云朵身后的

整一面蓝天的静

它知道必须得先了解自己

否则它将哪里也到不了

但它却唯独没有遗憾

更加不会沉湎于那些所谓的前世或来生

甚至可以说它是坦荡的

哪怕是身体与头脑在此刻就死去

哪怕眼前的一切都将归于空无

它知道

即便是在那虚空里

仍会有爱发生着

是的　它就是确切地知道这一点

一如它对于生命的笃定与信仰

而此生心愿如果有的话

也只为聆听万物之美而已

看见一朵云

就像天上云朵每日尽情地

在天幕上挥洒着创意

你也正在一次次地重塑着自己

拥抱着每一个崭新的黄昏与晨曦

在认清了过往记忆的纠缠

在种种思想的藩篱后

你也终于迎来了心底一份久违的平静

如同暴风雨过后那一整片天色的寂静

并试图进一步看清那每日生活中

正在上演的喜怒哀乐的戏码

径直看向心中所隐藏的恐惧或依恋

如同看着此时天边的一朵云

你试着不以自己的好恶

轻率地给出任何的定义与评判

就只是去看见

去看见生命当中那恐惧或依恋的真相

不再试图抵抗

也不再想要逃脱

然后在似那样一种全然的接纳之中

才仿佛第一次发现了美

此刻　天空中云雾正在散去

只剩下清新又和煦的爱意涌动在心底

与一风一吟

烟火可亲的岁月

到现在

日子好似一不小心落入了寂静里

既没有传说中的激情燃烧

更说不上什么是波澜壮阔

只余下吹不尽的夏日晚风

和几许温柔可亲的人间烟火

就连时间也仿佛生怕惊扰了谁

离开得无声又无息

到现在

幸福终于淡成了一抹生活的底色

若隐若现的

而关于过往的种种

那些已经淡掉的

似比从前又更淡了一些

人们从此便不再拼命地找寻

甚至也不再需要热烈地言说些什么

包括其间或有的改变

只是偶尔还会在长夜过后

或是在某个梦醒时分

偷偷地许下心愿　挂在天边

只任时间缓缓叙说着

来日方长或是黄昏依旧

路很长

而心亦深远

与一风一吟

一种平平无奇

没错　站在你面前的

正是这样一个看起来平平无奇的人

既没有值得向人夸耀的相貌

也没有任何令人称羡的丰功或伟绩

站在人群中时也每每被淹没在角落里

初次见面时他甚至不知道

应该从哪一句话开始介绍自己比较好

这大概就是为什么

他看上去总像是在时刻躲避些什么似的

然而这一次

好像一切开始有些不同了

在来到你面前之前

或者说　在渴望被人认可之前

他看似已从内心中完完全全地接纳了

这样一个平平无奇的自己

或许不能说有多独特

但他却始终是自己的唯一

并从一种自知中获得了自信

他或许也说不上多优秀

但灵魂中却依旧保持天真之气

故而也很难为痛苦所困

在星星的照耀下

他的一颗心总好似自带光芒一般

他或许也算不得勇敢

但是面对未来却从不恐惧

只着眼于脚下的每一步

他可能更谈不上聪明

因而对世间万物常怀一份谦卑与感激

并每每能从真正的无知中学习

而对于明天

他甚至都还没有一个清晰的规划

但却始终坚持地走在一条探索的路上

他也许只似这样的

尽由着生命自然地流淌着

似一种伟大

也似一种平平无奇

与／风／吟

有一扇门

有一扇门

你仿佛总能在有意无意间瞥见它

却又每每踟蹰着不敢走上前去

有一扇门

让你总想要弄明白为什么它会出现

又为什么会牵动着你如此大的好奇与热情

却又好似从来也说不清

有一扇门

它仿佛让你还在相信些什么

或许是那一束光

来自生命最深处或心底

有一扇门

你原以为

走进它需要借助千百种的手段或路径

而自己则是那个站在门外的人

可有天却突然发现

其实你早已经在门里了

这世上若有这样的一扇门

请你务必找到它

在那时

时间将结束也似开始

并终究归于永恒里

与一风一吟

那些难以言说的

你知道的

不知道从什么时候起

人们早已经习惯从别人的故事里

去体会本该属于自己的人生了

对身不由己的人来说

难以言说的又何止是"枷锁"本身

几多心酸　些许浪漫

到头来总逃不过一个"痴"字罢了

你知道的

当你再一次从泪流满面中

真实地感受到幸福是什么时

那些最难的时刻

总算是一去不复返了

而在此之前

痛苦却仿佛难以启齿一般

而那些曾经以为是懂得的

却反而离我们越来越遥远了

你知道的

每一天都是崭新的

重复的只有你的思想、看法

又或是你对于某件事物的评判

那些过去的是真的已经过去了

再去缅怀意义已经不大

你知道的

到如今人们心里仍在企盼着的

不过是那一句

轻舟已过万重山

烟火背后

多年以后的我

最想要指给你的

从来不是一段段往日的烟火

而是在那看似无尽的起灭背后

深藏着的本属于生命自身的绚烂

当你看到

花朵肆意地绽放在阳光下

白云还在蓝天上无边地悠游着

鸟儿飞过后却似一去不复返了

雨下着下着一切又都活了起来

当你开口还想要说些什么

却又似突然间明白

其实什么也不必再说了

如同此刻

在经历过一夜的大雨之后

青山依旧

也许你便会懂得

这一路的我们也许还没有错过太多

从此便不再需要以任何的名义

而是无条件地去爱就好

与／风／吟

早市里的一个笑

你笑了

在蓝天下笑得那样爽朗

仿佛要笑进谁心里去

那笑里似还略带几分羞涩

像是生怕惊到了谁

却反而显得越发地生动起来

那笑声背后似乎还不经意藏起了什么

也许是一些岁月隐隐约约的辛酸

又或是内心深处残留的一丝落寞

已记不得有多久没有见过

眼前这般灿烂的笑颜了

正像是一朵凤凰花满开在盛夏里

而那笑意盈盈似又胜过

眼前刚从田地里采摘回的一把绿叶菜的

青翠欲滴

叫人好想立马许你一个愿望

或是送你一份礼物

恨不能瞬间化作传说中的那盏阿拉丁神灯

却又突然意识到这个企图给予别人的自己

竟然自大得如同海盗王一样

于是便羞惭地忍不住跟着一块大笑起来

仿佛眼前正在发生着的不尽是一桩买卖

而生活自此再无关于权衡与交换

只与真诚有关了

就在这样看似平凡得不能再平凡的早上

猝不及防的　你的笑

此刻正盛放在这个看似喧嚣又热闹的卖场里

却更像是长在了人心里一样

也许生活终不过是由这些微小又零星的片段组成

比如在某个清晨来自一个陌生人脸上明媚的笑脸

仿佛是一次播撒抑或浇灌

从此落在人心里怕是再也忘不掉了

誓要与这世间撞个满怀

到如今

阳光依然无所遮拦地倾洒向大地

而我

也誓要与这世间撞个满怀不可

也要学那杜鹃啼遍满山

学红叶层林尽染

学那诗人泛舟在绿波上

并要记下这荏苒岁月中每一寸的美

才好就此不相辜负

但唯独不再去歆羡

不再去攀比

不再这山望向那山高

也不再停留于生活的表面了

关于那被称为爱或恨的什么

定要一一地去探明　去厘清

最后也许相拥

又或许只默默紧守着

与／风／吟

似那样最初的一颗心

就像守着心中的月亮

就像守着这世上独一份的幸福那般

到如今

阳光依然毫无保留地拥吻着大地

而我

也定要与这世间撞个满怀不可

才好到了不相留恋

与一风一吟

一场久违的太阳雨

像是经过了许久的酝酿之后

一场太阳雨终于痛快地洒落了下来

降临在波光粼粼的湖面上

仿佛将眼前的一切全部消融了

绵密的雨点消融在一片和煦的光里

而柔和的光消融在了碧波荡漾的水面

就连一颗心最终也消融在了包罗万象的大自然中

酝酿其间的或许还有那道

仿佛是联结着永恒希冀般的彩虹

抑或是那团

一直潜伏于生命暗流之中的生之悸动

这一切的发生

在一场久违的太阳雨里

此刻却更像是一场关于爱的表达

如同飘浮在半空中的一片云彩

与天地万物之间的应和

或许身在其间的人们

在确定地相信什么或者不相信什么之前

将不会再对这个世界妄加评判

而在确定地相信什么或者不相信什么以后

便再也不会对这个世界妄加评判了

自此就只凭借着自己的一颗赤子之心

去到他们真正想要抵达的地方

从此在这生命的图景当中

每一个转瞬即逝都将成为地久天长

与／风／吟

藏在时间里的恐惧

像这样再次回到了

那扇熟悉的门

那里面住着的

是你曾经天真的模样

有着纯然的热爱

也有向往的蓝天

还有人与人之间好似无限靠近的心

而此刻的你

却犹豫了

不知道是否还应该再次推开那扇门

也许是想到了依稀还残留在身体

或是心上的

那些隐隐约约的伤口

也许是因为你的确不敢轻易再说爱了

不敢再去用生命真正触及生命

便只好像此刻这样

一遍一遍地直视着自己的恐惧

而心中却仿佛比任何时候都明白

推开它

勇敢地推开这扇门

不过只是时间的问题

又或许

时间也只是另外一种方式的逃避

而当你真正地了解了自己也包括恐惧

当你终于可以平静地凝视着它

于是

那扇门

便自此完全消失了

永恒流淌

山上的野花开了

开在风中细细地香

有的人来过又走了

有的人注定只能陪你走一段

而人的一生也似花开般短暂

抑或犹如浮游的云朵

不停地变幻

犹如漂泊的海浪

诉说着无常

而萤火虫可曾梦想过

要像星星一般

将亘古的长夜点亮

叶子可曾梦想过

要像鸟儿一样飞翔

瀑布可曾梦想过

要似银河般莹莹与琅琅

而只有生命

唯有生命

始终在永恒地流淌

与一风一吟

时间的浪漫

生活需要被时间烹煮

就像情感需要被想念酝酿

而你却说

这或许也是一种浪漫

有些人因为习惯了等待而最终错过

有些人因为追赶时间而迷失了自我

有些人试图用爱填补人生

最后却仍在原地彷徨无措

而有些人

却在岁月的磨砺中

如一坛老酒愈陈愈香

到头来才明白

也许一切并不是时间的错

也许在时间的流逝

抑或头脑被束缚的真相里

原本就说不上好与坏

或是对与错

而你却说

守着心

就像守着混沌初开的那一份全然

每一步都是热爱

每一眼都是万年

或许才能算极致浪漫

与　风　吟

让生命绽放在每一刻

当彩虹桥重新连接起未来与远方

当似棉花糖般的云朵再次铺满天上

当碧水绕山三万里柔情依然

当杜鹃鸟儿重啼声响遍满山

这世上是否有某个瞬间是你不容错过的

而心中那些从未曾袒露的

如今是否完好无缺得不留一丝遗憾

还有那些曾无限渴望的

以为可以薪火永续世代相传

乃至不朽的

最终又剩下来一些什么呢

而那曾小心翼翼矢口否认的

以至于终始不敢去面对的

待回过头来看时也仍旧还是那么重要吗

如果啊如果

如果时光可以倒流的话

有些执着或是选择又会真的不一样吗

好在人生没有如果

只有当下

唯有当下

就在每一刻里让生命绽放

或许是人们此生所能行的最大的善吧

与一风一吟

原　点

听一首不知名的歌

在一个无人问津的午后

没有一定要去的远方

也没有让人留恋的过往

就让一颗心在此时此地流浪

跟随着屋外的白云三两朵

田野四五方

肆意地活着

也许会活成别人眼中的风景

也许永远不会

但那又何妨

也许从始至终

我们想要抒写的浪漫都不过是生活本身

是在历经世事之后沉淀在人心底的

那一份早已说不清的

热爱　或是勇敢

豁达　或是天真

念念不忘

到如今

让人念念不忘的

或许仍是头顶的那一片蓝天

还有那仿佛永恒悠游的白云

是夏夜明珑的一满身月光

还有那有如万籁俱寂般的静谧

是一顷春风下的碧波荡漾

还有那在阳光下仿佛闪着光的

叫人看也看不尽的绿意盎然

到如今

让人念念不忘的

也许还有我们彼此儿时的模样

和你那不经意间回头时

一闪而过的明艳的笑靥

是那仿佛从不曾褪色的青春记忆

更是至今

或许仍挂在我们每个人心头的

那一抹挥之不去的人间暖意

待岁月慢下来以后

待岁月慢下来以后

夕阳满是温柔地

将最后的霞光铺满天上

浓的浓　淡的淡

风儿似在其间完全止息了

暗黑遁入云影中

纷繁融于月华间

喧嚣没入无声里

芜乱跌入水中央

一切最终归于一片永恒的静谧

待岁月慢下来以后

世界似乎也跟着安静了下来

人们终于停下了手中的忙碌

一切又似回到初遇时那般

也并没有什么话是一定要讲

与风吟

只是一心地聆听着

叶落或是花开

待岁月慢下来以后

或许还留了一句心事在青天外

与一风一吟

雨后青山

你现在该知道

为什么自己总是忘不掉它了吧

为什么无论你去到哪里

终点却仍是为了

在心中无限次地接近它

你明白潜藏在内心深处的

那一份永恒的渴慕与思念了吗

而现在

它就像这样袒露无余地

高耸着矗立在你面前

而你又知道究竟该如何面对它吗

是否以坦荡面对坦荡

以清灵面对清灵

以坚毅面对坚毅

以浩瀚面对浩瀚

以空寂面对空寂

以爱面对爱

或许从一开始你便知道

其实你早已心属于它了

与一风一吟

被淹没的雨夜

夜半时分窗外响起连绵的雨声

絮絮叨叨的

像是正在向谁诉说着什么

突然意识到

自己已是多久没有像现在这样

认真地聆听过一场雨了

那个一直忙于想要成为什么的自己

或许也只是在不停地找寻

不停地失去吧

抑或只是另一种逃避

就像这场已经被遗忘许久的雨

我们究竟有多久没有仔细聆听过自己了

一下似也说不清

自己究竟走了多久才终于来到这里

至于往日那些自以为的爱与恨

就更加无从说起了吧

渺如云烟一般

此时远处山间的云雾正在持续地

升腾　弥漫　扩散

耳畔落雨声也还在不间断地响着

一切好似被淹没了

包括黑夜

包括自己

只剩下来某种袒露的真相

悄无声息似的

与一风一吟

不停看见

你知道的

对于生命而言

也许从来就没有选择

只有事实

只有看见

面对恐惧　迷惘　伤痛

包括那座自我建构的牢笼

不停看见

面对那个时刻处于冲突与挣扎中的自己

直至看清

然后一切或许会重新回归清明

一如回到那创造的本源

去看见

旭日东升之后万丈光芒遍洒大地

去看见

深不见底的湖水倒映出晴空万里

去看见

迷雾背后被层层裹藏的一颗真心

去看见

你知道的

人生原本就没有所谓回头路可走

除了看见

不停看见

与／风／吟

重　遇

当我们再次来到彼此面前时

已不知辗转过几次人生的拐角

又翻越过几道内心的城池沟壑了

那些每每只能留到梦里去说的话

依旧还是一句也说不出口的吧

忘了的早都忘了

算了的还是算了吧

有些委屈无从说起

有些遗憾不说也罢

临了临了最好就是两不相欠

毕竟面对着生活时

比起凭借着那些虚无缥缈的回忆

懂得如何活在当下也许显得更为实际

这一路说起来

好在我们还不算太过辜负

心中若还留有一句什么的话

就只是

去成为你自己喜欢的样子吧

多年以后的我们终于明白

那已是我们能够给予彼此的最好的祝愿了

而我们之间如果有问题的话

也从来不是因为不懂

而只是以为不同吧

看啊

秋日里那些诗情画意般的梧桐

也还如同往常那样

独自立于阳光之下

与／风／吟

踏着月光

此时

头顶一轮明月当空

好似再次昭示了那仿佛毋庸置疑的圆满

于是全面浸染

于是月华如霜

至于那说不清的或许从来就说不清

譬如眼前这月光

圣洁得好似洞穿天际而来

通透得又像已勘破所有生命的奥妙一样

慈悲得更像是已彻底融化了岁月与沧桑

并将世间的一切孤寂也全都一并包含

崭新得如同来自千古之外

宛如凡尘褪去

皎然若雪一般

此时

踏着月光

却忽忆及那句

过去心不可得

现在心不可得

未来心不可得

多情也应笑我

踽踽月下

却终是逃不过一个"痴"字罢了

与〜风〜吟

星与愿

回想当年

你或我

爱或恨

似都未曾逃过这世间最俗烂的剧本

岁月寒来暑往终如白驹过隙

身世浮浮沉沉又似浮萍一般

而今的你或我

心中偶觉欣慰的

或只是再也不必经受

似往日那般的风霜磨砺了

当我再次指给你

如今依旧还在天空闪烁着的

那一颗耀眼的明星时

时间竟已好似过去了千年万年

又仿佛　过去　现在　未来

全都聚结成了此刻似的

愿只愿

现在的你或我

对于那些个曾经的酸甜苦辣

抑或是对于彼此

都比从前更加懂得了一些吧

与／风／吟

世间事

相信我

这世上必定会有比你我此时口中的爱恨

更为深远的事

比如阴霾散尽后一缕阳光所散发的暖意

或是夜深人静时候月光洒下如水般的温柔

又如曲街深巷中那万家灯火的璀璨与静谧

抑或是明媚三月里满城春色的盎然生机

相信我

这世上必定会有比你我此时心中的悲喜

更为博大的事

比如春寒料峭中破出的一株新芽

或是遒劲枝头新结出的今夏第一个甜果儿

又如仿佛始终亮起在长夜尽头的那颗明星

抑或是那自上古时起便已跨越天际的迢迢银河

相信我

这世上必定会有比你我眼中所看到的

更为恒久的事

眼中的星辉

有些事

总要在经历过之后才好放下

而有的人

自第一眼遇见便知就是他了

你知道的

自始至终

我一心想要寻回或者捕捉的

就只是那一道曾停留于你眼中的

一闪而过的明媚的星辉

它便是我日夜兼程的唯一缘由

而你我之间

即便不说一句话

彼此却已知道

究竟是绕了多远才最终抵达这里

于是竭力忍住不哭

于是绝口不提辛苦

与／风／吟

还记得吗

你曾说过

在一颗纯然的心里

绝没有恐惧或哀伤的容身之处

与一风一吟

山间的夜

此时

山间的夜色正在无边蔓延着

仿佛欲要消融掉一切似的

连同那些个起没在心头的

或明或暗　若有似无的心绪

也都随之一并悄然在融解　了却

是非已远离　悲喜都淡了

时间似也已消灭了踪迹

连恐惧什么的一时竟也说不上了

就将那个迷茫的自己和盘托出

全数交付与了天地的杳远与广漠之中

并随着山间蒙蒙蒸发的雾气

渐渐地升展　融化　消散

四下里悄无声响

虫儿们也都似正屏息凝神一般

夜色在此刻终于联结成了一片

连梦都像不敢前来惊扰似的

只剩下完整的一抔静

还在风里

此时　你忽问我

一颗造作的心又该要如何止歇？

他

他来了

在将所有无着落的期待全数埋葬了之后

在那颗看似已蒙尘的心终于澄净了之后

在终于学会如何与自己的恐惧共处之后

在似真正懂得了该怎样好好爱自己之后

在下定决心一定要全心全意地热爱与拥抱

这个世界之后

他终于来了

是在哪里见过的吗

不然为何内心竟会如此平静

果然他的背影一如大山般坚毅宽广

他的笑容一如月色般明朗皎然

他的怀抱一如星空般开阔深远

他的眼神一如泉水般清泠明亮

他的声音一如晨钟般温润绵长

终于遇见了

那个如彩虹般的人

与／风／吟

在这好似生命中最美的时刻

原来书上说的那些都是真的

说有种遇见会让你因此而感激生命中

所有的发生

他还是来了

也许

他一直都在那里

无论来不来到

抑或遇不遇见

与一风一吟

听

在一个被鸟儿叫醒的清晨

听一切声音

听鸟儿们清扬婉转地啼啭

听草虫们断断续续地呢喃

听青草的耳语

听花瓣的呼吸

听蜂蝶在头顶上盘旋

听风起的轻柔

听云雾在升起

听流云泼洒而下

听江水的澄静

听偶然经过的飞机的轰鸣

听天空的深邃

听大山的回应

听阳光浸染山林

听万物的生息

嘘——

听——

听万籁里有爱正潜滋暗长

一封给自己的信

想写一封长长的信给自己

略去充斥着太多努力与挣扎的过去

那些已淡却的记忆好似更淡了一些

只留下一些真实的祝福在心底

也许我们终将学会面对死亡的真相

让过去的真正过去

没有想说的时也可以什么都不讲

因为所爱的都已在身旁或是心上

偶还有被裹挟的念头也大可以拥抱

或尽管随它去

就尽管随它去

而最珍贵的往往总会出现在那之后

也不再费力地去将事事作比较

也许是因为终于明白了

那些被赞誉与被毁损的

或许都是同等的重要

又或许全都不重要

与／风／吟

而唯有对于生命的深切体验与感受

也许只是一种宁和

却是我们当下真正所能拥有的

那是来自上天的馈赠与奖赏

而现在的自己

感受着从每一个不同的清晨里醒来

生命一如音乐般流淌着

在一片宁静与祥和中

放眼向更远处望去

在那白云的尽头

大山正青成一丛一丛的

想写一封长长的信给自己

结果却只剩下了这些只言片语

无妨　　无妨

山间岁月

喜欢大山

就像生来就长在这里一样

有时落霞仿佛欲用浪漫将一整个黄昏填满

有时却只在不言不语中度过了一整晚

有时也会掩饰内心的悸动故作淡定一般

悄然地等待着看一朵花儿的开放

一面按捺不住内心的雀跃与欣喜

一面又装出一副见怪不怪若无其事的模样

时而静观鸟儿从头顶悠然地飞过

时而又看见叶子从树梢上翩然落下

仿佛一切都只是自然而然

静默中

也会觉察种种念头的起落与掀起的微澜

直至落入一片宁和之中

四季里偶有阴云雾霾

或忽遇天雷滚滚　大雨滂沱

有时阳光好似不管不顾一般尽情泼洒下来

与／风／吟

072

有时日子平淡得却只像又多看了一天的云

凡此种种

最终又全被淹没在了岁月的波澜不惊之下

便好似有些明白

也许对于生命而言

那些浮潜于表面的

有天也终将被其自身所澄清

一如此时一颗合一的心

也许本来清静

与一风一吟

山之子

他

是山之子

仿佛生来就有着一颗勇敢的心

站立时俊秀挺拔稳健坚毅

沉默时通达深邃开阔辽远

拥抱时坦荡温柔容纳四季

快乐时爽直明朗宽厚仁爱

黯然时心怀悲悯寓目天地

在喜悦中欢送每个寒来暑往

在平静中迎接每次日月晨夕

时而同朝日与晚霞热烈相拥

时而应和着鸟儿欢快地吟唱

时而邀来明月清风相伴而舞

时而又倾心于花草迷人的芬芳

一面聆听岁月的温柔

一面尽随万物而生长

看几回云烟袅娜氤氲而起

赏一时万里晴好艳阳高挂

他

是山之子

仿佛生来就与大山长在一起一样

梦中一场雨

梦中

大雨如同墨汁般倾倒而下

泼洒在岱青色的山峦

好似将时间彻底凝结住了一般

连同那些还想要证明些什么的欲望

仿佛就此烟消云散了似的

只剩下乌云如墨

梦中

回想半生

也曾费尽心思

只为得到他人口中的一句认可

又或妄图证明"我"就是"我"

并肆意以爱之名贪享一时欢愉

甚至不惜忘了那个"我"

可无论是想要证明

还是想要忘记

自轻抑或自大

需索爱又或施舍爱

关于"我""我""我"

或许本质上都是同样一回事

梦中

一场雨后

乌云仍旧如墨

失魂人在夜下

静待着晓雾散尽

或等待着梦醒

露出一整片本就透彻的天

一时梦里梦外

竟已傻傻分不清

被困住的云或你

此时山间烟云笼罩

雾气蒙蒙间

烟霭起伏四散如舞者

飘逸而灵动　舒展而漫散

渐渐地　并且悄无声息地

终于将整片山色全都吞没了

而此刻

我们彼此站立着

在一片沉默之中

却突然很想让你知道

那些困住与被困住的

也许都还不是那实相

去走你心中的路吧

孩子　别怕

无论你身处何时何地

要知道花儿在绽放之后

都是同样美好的啊

与／风／吟

关于你在找寻的

无论那是什么

相信你一定会找到它

至于那把钥匙

一颗赤子之心

你早已经有了不是吗

请带上它独自上路吧

就尽情地去揭示所有关于生命的奥秘

而至于那实相

当你与它相遇时　孩子

你想要拥抱的

又何止是一整片天地

与／风／吟

从清晨醒来时

从清晨醒来时

身边的一切也好似刚刚苏醒一般

感觉是全新的

既没有一定要达成的计划

也没有必须实现的目标

人似活在每时每刻里

并在每时每刻都直达心底

这感受好似

每当看着一朵花儿时

只是全心全意地看着它

既没有想要为它命名

更没想过它是否应当属于我

而它的美

在大自然或者在一种绽放中

已确然得到最为充分的表达了

而此时的自己

也似在一份平静之中

感受到生命的完整

竟许是同一种绽放

同花儿们一样

从清晨醒来时

每天都看似不同

却又好像活在一种全然里

与一风一吟

零落的翅膀

清早阳台上

发现了几片零落的飞虫翅膀

猜想着昨晚这里究竟发生过什么

是谁来过

是谁曾挣扎着飞翔

是谁也有过同样遗落的梦想

是谁也在拼命展示着那薄如蝉翼般

却好似完美的存在

是谁也尽全力活过

仿佛不愿留下一丝遗憾那般

是谁的勇敢也如飞蛾扑火般

是谁还在热烈地爱着

是谁的伟大看起来却似不声不响

而又是谁

最终在平静中接受了那结果

但无论是那留下的

抑或是未被留下的

也都必是那生生不息的

与／风／吟

风的形状

有时

想要去捕捉风的形状

以叶子的行踪

或是树的身影

以花瓣的婀娜

或是青草的舞蹈

以天空的辽远

或是云彩的变化万千

以鸟儿的自由

或是一朵落花的心之所向

以蒲公英扑向大地的深情

又或

仅以此时屋外一角风铃的回音

嘘——

听——

那吟唱中的无私与温柔

那无声中的宁静

听——

有些美

更喜欢没有开灯的夜晚

月光温柔似水

天空一片静蓝

江水沉寂如墨色

偶然窥见大山深邃的轮廓

在天边挂着一颗星的夜下

这一刻

突然意识到

也许有些美

竟会似这样

无私并且无所保留

从此便流淌进人心里

无论多年以后的你

是否还会记得它

而有些美

就算当时没有能填满你

日后也必定会将你融化

夜色中的蝴蝶

夜色中落下一只蝴蝶

翩翩地　冉冉地

落在了一个看似隐秘的角落

它是如此安然

仿佛睡着了似的

竟没有一丝挣扎

此刻的它

被安全地包裹在暗夜的襁褓中

就好像回到了生命的最初

此刻的它

大方地将美丽的翅膀展示在风中

就像在炫耀着造物的奇迹一般

此刻的它

似这样坦然地存在于这个世上

竟好像再也不愿意飞走了一样

这样完美的一个它

也许从不会知道

那身影便从此深深地落在了某人心上

黄昏的尽头

夕阳将金光洒满了白色的墙壁

紫色风铃也正聆听着风的讯息

远处映出大山身披彩霞的背影

一时黄昏无限

仿佛一切都沉浸在了一种玫瑰色的祝愿中

无论是那幽暗的　冷僻的

孤寂的　或是凄清的

此刻似都已融化在了这片温柔似水的斜晖里

鸟儿只身飞向了白云深处

不带走一丝的眷念

仿佛生来就自由

也许一切到最后

只留下来片刻的光闪还在江水多情的涟漪中

更远处

在那看似黄昏的尽头

舞动的舞动着

飞翔的正飞翔

与／风／吟

漫画天空

此时　头顶恍如漫画的一整片天

蓝得通透又清澈

白云一朵连着一朵

像一团团棉做的浪花

又像是各式各样轻盈的飞絮

一朵一朵地慢慢渗透

并最终匀入了那一片天蓝里

于是白的好似白得更轻透

蓝的也好似蓝得更淡薄了些

更远处

你站在好似天空的尽头

却始终不发一语

我不知道该如何上前去安慰

只想让你看看此刻头顶那片一望无际的苍穹

孩子　请抱抱自己

去直面心中的那些胆怯与伤

就成为自己的那一道光吧

别怕

在爱中自会有那一份天然的信赖与接纳

在那些有如存在的本质之中

又何尝有过任何沾染

每当你心有疑惑时

不妨抬头看看蓝蓝的天吧

让自己也消融其中

就像一朵云一样

并请放下所有那些关于渺小与伟大的假想

与｜风｜吟

你不知道的事

你或许永远不可能完全了知生命

就像永远看不清眼前的大山到底有几重

抑或在那满屏的苍翠里究竟包藏了几多绿意

又孕育了多少盎然的生机

当云雾缭绕其间时

在那一片诗意般的朦胧中

你同样也猜不透那云雾究竟有多深

抑或它下一步又将要向何处

扩展　弥漫　消散

你或许永远也不可能完全了知生命

就像你永远也无法知道在那江水的澄碧里

究竟沉积了多少沙砾

也不会知道阳光究竟穿过了多厚的云层

才能最终照耀

你不知道每朵花的花瓣到最后开落了多少

或是那香气最终又会沁入人心里多久多深

也不知道鸟儿们今天何时飞来

又将在何时离开

而在那天空之外

究竟还藏有多少尚未可知的奥妙

你甚至都无法真正地了解一个人

不知道他心中的江海究竟能够容纳多少

更不知道他所感知的天地而今又是第几重

与一风一吟

也许想象中更完美

谁还没有在自己的想象中爱上过几个人

谁的一生没有经历过几段情仇爱恨

在那些仿佛亘古就有的关于月亮的传说里

谁还不曾用眼泪和成诗章

将相思写得那样刻骨铭心黯然神伤

谁还不曾盛赞过镜花水月般的情缘

仿佛被老天辜负之后又用月华来洗尽千霜

也许是因为活在想象中更完美

以至于现在的我们只敢躲在偶像剧里面

在戴上面具之后才敢尝试让彼此靠近

在确保万无一失后才肯交换出几分真心

也许是因为活在想象中更完美

以至于现实中的我们早已离彼此越来越远

可又是为什么呢

每当月亮升起的时候

也还是有人会像傻瓜一样地哭泣

犹如千百年前的我们那样

勇敢的心

你可曾见过一颗勇敢的心

为了找寻它

我已辗转半生颠沛流离

我曾梦见它

在一片暗黑的苍穹之下

它的光辉有如流星般闪耀明艳

有时它又会突然地闪现在那雪山之巅

在阳光的照射下仿佛浑身散发着金光

时而它又一头沉入了那传说中深幽的神湖

似要在一种神秘莫测中被蕴藏千年

而有时它却又仿佛近在咫尺

正潜伏在一段苏格兰风笛优美的旋律里

你若是遇见它

请务必替我转达

我还将用尽我的余生继续等候着它

直到永远

可是为什么你要如此残忍

却说这样的找寻与等待也许是

另一种的逃避或遮掩

你说

其实它一直都在

那渴望发现真相的勇气

那样的一颗勇敢的心它一直就在那里

你还说什么永远也叫不醒一个装睡的人

可是为什么你竟如此残忍

事到如今

除了美丽的幻梦之外

谁还会真的想要听到那答案

飞的理由

如果

天空是鸟儿飞的理由

微风是叶子飞的理由

花香是蝴蝶飞的理由

那么你呢

什么又是你飞的理由

是为一睹天地的旷远与辽阔

或为膜拜造物的神奇与智慧

还是为参透这浩瀚宇宙的奥妙

可你却说

为那漠漠荒原上一匹野马的狂放不羁

为碧野山林间那潺潺流水的动人心弦

为雪山脚下一朵鲜花怒放时扑鼻的香气

也为破晓时分天边残留的点点温柔星光

或许这些都是

或许都不是

也许飞翔就只是为了飞翔

从来就不需要任何的缘由

就像白云从来就喜欢在天空的怀抱里徜徉一样

就像爱只是因为爱

也许一切本就如此

一如自由从来在最初而不是最终

与一风一吟

美好一如所是

这一刻

感觉心像是透明的

倒映出大山深邃的轮廓

倒映出绿野的葱翠与生机

倒映出眼前一切的美好

阴影也许会有

但它或者被消融

或者与此刻毫不相关

此时

花儿正枕在草地开阔的臂弯里

阳光晒得人心里暖烘烘的

蝴蝶时而飞来　时而飞去

你手捧着洁白的花束走了过来

一如想象中天使的模样

仿佛刚从一场睡梦中醒来的自己

好似终于明白

美好不仅一直就有

而且从来都在

而中途背离的

假装看不见的

无端将自己困住

在那无数的遗憾或忏悔之中的

只是那个每每自以为是的自己而已

请别再哭泣了　孩子

关于生命的美

从今就只管活出它

请为了一朵花儿的绽放而歌唱吧

当你偶尔感觉受伤时

就请重新回到这爱的源头

去看见

美好　一如所是

与／风／吟

一种缅怀

不知道为什么

总会在天空中挂起一颗星星的夜晚想起你

曾经无法释怀于你的猝然离世

就像无法接受一朵鲜花平白无故地凋谢

无法消解对于你那未能完全展翅的遗憾

无法忘怀你曾因无所保留地付出而落下的伤

无法直面你在无数孤苦无依的暗夜流下的泪

更不忍心想到你的那些曾被无情碾压的梦想

而多年以后的我

似乎终于开始明白

那盛放与凋零背后的深意

也许生命的起灭都是同一份美丽

也许你就是我　我就是你

亦是千千万万个我和你

而接下来的路也必要有人继续笃定地走下去

就像总会有花重新盛放在那看似晦暗的角落

也总会有鸟儿再次展翅高飞在一片云下

此刻在同一片天上的你一定也能看得到吧

无论还将要去向哪里

就让我们都向前走吧

好吗

与一风一吟

好久不见

也不知是从什么时候起

你的模样开始变得不再那么清晰了

仿佛正在一点点地淡出我的记忆

那个在儿时的我眼中

曾是那般高大威严宛若神一般无所不能的你

形象不知从何时起开始渐渐崩塌了呢

是从我们相互回避开始的吗

回避去看到对方试图掩饰的胆怯与伤

回避去看到那些在面对生活时偶尔不得不说下的谎

也许说到底还是因为不忍心吧

你知道的

在我心里你就该是天生勇敢的

哪怕深陷于生活的泥沼也绝对不会轻言溃败的

也许这样活在对彼此的意象当中

时间一长反倒让我们忘了该如何真正去了解对方了

你知道吗

这好像还是我第一次试图捡拾起这些破碎的片段

尝试着重新拼凑起那些曾经与过往

还有隐隐约约你的模样

也许时间的确是已经过去太久了

连同那些本就剪不断理还乱的回忆

久到连爱或怨什么的都好像已经说不上了

心中莫名只剩下了一片纯净而全然的感恩之情

此刻的我想象着

自己再次站在你面前时的情景

内心竟是一片默然

一如大山深处那片仿佛容纳了一切的宁和一般

到现在

也许最想说的一句却只是

好久不见

与／风／吟

岁月淡如歌

我也曾有过怀疑

怀疑世事无常抑或人心不古

怀疑生活是否真如梦幻泡影

也怀疑自己

怀疑自己果真一无是处

直到终于鼓足勇气学会真正地去看见

直到仿佛与天地万物终于长在了一起

直到从此不再以爱的名义

而是真正去爱

也许到最后

能够被时间珍藏下来的

也必是那些可以长久停留在人心里的

那些真实的

又或是有温度的

而岁月也在经历过无数次心潮澎湃

抑或情深似海之后

终于淡作一首歌

而现在

无论是对于自己的一颗心

还是脚下要走的路

即便还会有疑问

也不再需要别人口中的一个答案了

最初的心

原本以为应是这世上最不可信的

而现在却仿佛是唯一能确定的

并且至今依然还在夜空闪耀如初的

似那样的一颗心

它曾跟随落叶在秋天舞蹈

也曾攒集点滴萤火的微光

它曾迎来满树樱花的繁茂

也曾温暖过漫长的四季

它曾臣服于鸟儿自由的双翼

也曾感动于鱼水间的相濡相惜

它曾驰骋于海天之际的辽阔

也曾虔诚跪谢过脚下这片深情的土地

它曾在一场大雨中放声地哭泣

也曾因为一朵雪花的降落而欣喜若狂

而如今　它依旧勇敢

依旧还会为了爱而高声歌唱

而如今　它依旧炽烈

与／风／吟

依旧还在热爱与奔跑的路上

而我要说的

正是这样的一颗心

一颗最初的心

与一风一吟

天空的底色

深秋的一个清晨

一个声音莫名地从耳畔响起

"就回到生命的最初里

回到光

并且活出它"

在眼前这个看似再寻常不过的早上

雾霭正向四下漫散

云层低低地垂了下来

像是在轻抚着大山的脊梁

鸟儿们或三两成群　或形单影只

却全都飞得那样恣意

仿佛在这天地间无所顾忌一般

遇着风就乘着风

逢着雨也便只管飞向大山的更深处去

那声音响起时

好似突如其来一般

划破了眼前的平静

又旋即消融其间

消融在心里

并最终成为天空的底色

有微风拂过

在有微风拂过的天气里

或许不必起舞

也不必放声歌唱

只需静静地　悄悄地

像是聆听着谁的心事一般

聆听着一切

偶遇三两只蝴蝶

高高低低地飞过

冉冉地　翩翩地

与风应和着

听——

正有千百种声乐同时响起

从有微风拂过的

一种"空"里

生活的留白

此刻

生活在蜕去忙碌之后

终于开始变得细水长流起来

连烟火与五味杂陈看起来都是诗意的

时间有时被淡忘在一桌饭菜的香气里

有时是被阳光曝晒后留下的一抹温热

有时是清晨大山深处四处缭绕的云雾

有时只是留在记忆里头你的一个微笑

有时兜兜转转

不知不觉间

它又像是一个谜

此刻

月光倾洒下来终于将整个夜色浸透

将心填满

叫人竟一时说不出话来

原来啊原来

生活里留白最美

还记得吗

还记得吗

春天里刚发的嫩草与新芽

蟋蟀在绿过的草丛间吟唱了一整晚

昏暗的街灯下一闪一闪的萤火虫在起舞

清早摘下的栀子花被别在了胸口或鬓发

还记得吗

闷热的午后蜻蜓飞上飞下

黑猫在砖红的矮墙根困觉

远处田野里的向日葵开得正好

池塘中的荷花香得静悄悄

草地上孩童们正在阳光下追逐打闹

后来

八月的桂花香了一年又一年

人们纷纷在初雪时许下人生第一个愿

雨后的香樟树下再没有人说话

星星不知何时已落在身后越来越远了

再后来

你走了

留下我独自一个人长大

还记得吗

与一风一吟

为了遇见

你知道

我也曾将自己置于绝望之境

任凭黑夜无边蔓延

却一心只想要成为别的什么

一个不同于当下的无论什么

直到一次遇见

将所有干涸与空洞填满

直到一次看见

如阳光般瞬间穿透了心

那一刻

我竟全然忘了自己

彻底臣服于一朵花儿的生动与美丽

臣服于天地的广阔与辽远

直至消融

直至合一

好似突然就明白

这天地间

我能给的

唯有这样一颗真心而已

野草的独白

作为一棵野草

我也曾热烈地燃烧过自己

也曾深深地扎根于大地

也曾温柔以待风雪相依

也曾生死无悔蹚过四季

也曾漫山遍野活出存在的意义

也曾经年累月展现时间的奥秘

无论酷暑难当

无论冰天雪地

也许春风得意

也许枯败萎靡

可以坚韧不拔

也可以无声无息

回首自己短暂的一生

虽说不上繁茂

却亦未曾钦羡过任何一枝高岭之花的美丽

只管尽情活出自己

末了

更不忘以一首迎风的曲子作为谢礼

与一风一吟

不　染

是谁

曾以孤独入酒醉了一宿又一宿

是谁

曾望向星空的寂寥告诉自己别怕

是谁

曾在玲珑的月光下挥泪如雨

是谁

誓将云朵的纯白作为对天青的回答

而这一次

她却只想以自己本来的样子

站在阳光下

而这一次

她就只想以喜欢的自己走向喜欢的他

哭也罢　笑也罢

与／风／吟

在一个清晨

从一个崭新的清晨醒来

眼前现出的也似一种全新的景象

山间的雾霭纷纷聚拢成烟愈来愈浓密

此刻正从江面一点一点弥散开去

渐渐给四围全蒙上了一层薄薄流动的面纱

此时阳光透过云层散发出越来越多的暖意

给厚厚的云朵也镀上了一道道柔和的金边

衬出云的形状分外好看却又像瞬息万变般

叫人捉摸不定

而邻人们的早安声此时尚未响起

晓色不深　万籁俱寂

然而这寂静中有什么却又似确定不移的

比如远处屹立在天空下一座座藏青色的山影

山脚下的江水也正无声无息地流淌着

成片的蝉鸣声好似笼盖四野此起彼伏一般

又比如

此时正跳动着的一颗真诚热爱的心

而生活

也正以它全部的诗意悄然展开着

在一个崭新的清晨里

与／风／吟

与　花

此时阳光径直照射下来

大山的身影在眼前展露无余

连同那扑面而来满屏的绿意

而在兜兜转转半生之后

自己才似终于明白

唯有真诚

也许才是对待自己与这个世界最为亲近的方式

权衡或是比较

恐惧或是疏离

都只不过是在绕路而已

绕开了那通往内心的路

莫如做一朵山间野花

此时此刻

坦荡地盛放在阳光下

感受着微风的吹拂

享受着雨水的浇灌

相遇一场繁花开败

又或一场流落飘零

尽听任生命自然地流淌开去

过程中重要的或只是

千万别错会了生命所给予的这许多馈赠与好意

不辜负

莫相离

回　应

要过一种什么样的生活

该以哪种方式与他人及世界相处

而最终你又想要活出什么

这些或许本就是由你自己决定的不是吗

而现在

你又欲将去往何方呢

是否如阳光般通透敞亮

如月色般明豁皎然

如云朵般灵动变幻

如雨滴般淋漓酣畅

如山花般明丽莞尔

如甘泉般泠冽清爽

如流水般潺潺

如蝶儿般自在翩然

孩子　无论你还将去向哪里

途中可要记得

与这世间万物相呼应

就好像风一样

岁月无声

看云海升腾

渐渐地　轻轻地

环抱起山影

恬淡　宁和

就这样定定地看了好半天

脑中偶尔闪过曾经苦苦寻求的

叫人如同着了魔似的那些

如今再回想起时却不过一记莞尔

或许终不过是一念执着

只留下岁月

仍似细水长流般温柔

又似每日里的天长地久

至于那一些天然的相信

或者不相信

亦宛若水面不时浮起的浪花与泡沫那般

——消融并最终归于平静

只剩下一颗心

与／风／吟

无碍　澄明

此时云雾早已散尽

在天空的衬托之下

大山的身影显得越发挺拔清晰

露出暗绿色柔滑的山脊线

美得那样毋庸置疑

或许真正的美

总是超越了任何的语言与评判

竟叫人无话可说了似的

只任由岁月似这般轻柔又无声地流淌开去

与／风／吟

生活的每一帧

今晚

不知是谁趁着夜半

剪了一角的月亮挂在天上

似一个玲珑的笑脸

真好似生活的每一帧

都值得像这样被细细地把玩

尔后又被一一地珍藏

无论是那些灰头土脸的

还是意气风发的

无论是那般多情的眼泪

还是辛勤的汗水

无论是当头那一记棒喝

又或是一粒甜枣

无论是那些个开怀大笑

还是在大雨中的疯跑

无论是无数次的事与愿违

又或好似百转千回的情深

你知道的

面对生活时

唯有全身心地投入

也许才能不辜负

而生活的故事仍将继续着

关于所有那些相遇又相知的美好

流淌在心里

一如此时溶溶的月色

你知道的啊

生命的底色是光

而生活的底色是幸福

可别轻易让它蒙上纱

若爱

请深爱！

与一风一吟

它

它

不是关于相遇与别离

不是关于恐惧与悲伤

那些没完没了的

或也是早就该结束的

它

只是关于此刻

此刻的完整

此刻的丰盛

此刻的自由

此刻的开阔

此刻即全部

它

是关于爱

是那无条件的

它

可以关于什么

也可以与什么都无关

只落在一颗深深的心上

与其无限憧憬它

不如即时活出它

大山的静默

当彩蝶纷纷在半空中盘旋

当鸟儿们飞去了山的另一面

当草丛中的野花露出明朗如初的笑靥

当太阳当空照向天地的辽远

而你却不知为何

像这样站立着

已沉默了一整天

每当这个时候

你就像在自己的四周竖起了厚厚的围栏

任大山的美丽也无法亲近一丝一毫似的

此刻多想告诉你

孩子　无论你看到了什么

那不是破碎

只是万花筒里的又一道风景而已

可以的话

不妨抬头看看眼前的大山吧

就让那一份静谧与生机盎然

与／风／吟

从此也长进你的心里

在这看似同样的一份静默中

道是有情也好

道是无情也罢

很抱歉　孩子

让你去拥抱那些破碎

或许你终将会消融它

当你全然地活在爱里

与一风一吟

清晨山下

清晨山下

遇见永恒

就在时间消逝的地方

好似突然明白

原来当下即永恒

永恒即当下

清晨山下

遇见鲜活

看见雾霭蒙蒙漫向天边

耳畔响起阵阵鸟鸣

江水恰似一汪清碧

长流向杳远

于是便在那永恒与鲜活中

赏尽花落花盛开

静待日出日西归

遇见微光

看星光点点闪耀在夜空

看月色皎皎倾洒向屋角

看黑暗正在被一层层地浸染

于是便蹑手蹑脚地

尝试靠近那微光

就像来到了天地伊始的地方

不停确认着

小心翼翼地摸索着行进的方向

地上立时照见一团黑色的鬼影

又像是一个混沌不解的谜团

于是害怕地全然不敢东张西望

也不敢抬头看向天上

怕自己辨不清

辨不清那光亮

辨不清那是来自星星还是月亮

或是其他任何未可知的

更不敢轻举妄动

生怕一不小心便会踩碎这一地星星与月光

今夜遇见微光

照见自己

却好似照见了生命最初的模样

与一风一吟

光的乐章

此时阳光于不经意间径直泼洒下来

像是谱写着一段段光影的故事

于是阳光照耀下的万物

也仿佛从迷蒙中突然苏醒了一般

全都被镀上了一层神圣的金光

并幻化为一个个跃动的音符

在空中轻轻弹奏着

讲述着

也许是关于彩虹的秘密

也许是一段绿荫之中的静谧

也许是犹如秋叶般金色的童话

也许是任风儿吹也吹不走的往事如烟

那道道金灿灿的光芒

似一段段舞动的旋律

时而变幻为水面曜跃闪烁的波光点点

时而随叶子在风中尽情摇曳摆荡开去

时而又像是突然害怕惊扰了谁

竟顽皮地将自己藏进了整片暗绿色的山影里

也许不管何时何地

光的乐章仍将会继续演奏着

关于那些生命的静寂与生动

那些永恒

那些美丽

与／风／吟

问 花

他年也曾问花

空有一片深情

如何才能不被剩下

他年也曾问花

空余一腔热血

如何才能不负韶华

他年也曾问花

唯有一颗真心

如何才能挡住世事变迁

他年也曾问花

唯余满心赤诚

如何才能不再渐行渐远

他年也曾问花

如何才能寻见那真理之门

哪怕付出生命的代价

而今

一切早已无须再问

而今

一切早已不必作答

与／风／吟

又一场立冬的雨

那是一个立冬时节

潮湿的雨轻飘地落在青灰色的水泥路上

匆匆忙忙的行人们纷纷从身边经过

却大多低着头沉默不语

空气里浸透着一股清冷的气息

直沁入人的皮肉里

这时　你迎面向我走来

撑着一把火红的小洋伞

在街道两旁梧桐树的映衬之下

为眼前暗灰色背景中新添一抹亮丽

流动着　仿佛随时便欲起舞似的

穿过暗淡与萎靡

穿过冰冷与孤寂

而那时的自己

也是同样青春的　炙热的

满怀着对于未来生活的憧憬与期待

仿佛看见幸福正朝向自己走来

心中快活得像只小鸟随时就要飞出去似的

或许回忆里头总是美好的

关于你和我　关于一场雨

但它也确已死去

看　眼前又是一场立冬的雨啊

一切看似未知

却更是崭新的

在此时此刻

正迎向一个全新的我

也迎向一个全新的你

而关于眼前的一切

此刻却只想由衷地说一句

这真好

与／风／吟

你的样子

人生如浮萍

总感觉无根无着

于是你总会怀疑自己

在人群中找寻自己

并且想方设法来证明自己

或者关于自己存在的意义

心中满是惶惑与恐惧

从开始明白自己不是什么

到渐渐明白自己究竟是谁

你终于学会了谦卑

开始感恩生命所给予的一切

并从对世间万物的回应中得到真正的滋养

像一朵花

或是一棵树

像是其他一切的生命那样

从此

你或许便不再需要轮回

却又似在每时每刻里重生

你终于认出了自己

那生生不息的模样

与／风／吟

真实的云

也许真正的美

总是无以言喻的

你可以被感动

也可以被震撼

却终究无法用言语准确形容

就好像无法描述真实本身一样

当你看见了

也便知道了

孩子　还记得吗

当你告诉我

你只想要做真实的自己时

那满面的天真与热忱

然而关于什么是真实

也许谁也无法指给你

看啊

此时铺满了一整面天空的云彩

关于那些真实与美

你看见了吗

你看见了什么？

与
风
吟

某个午后

午后的小风微醺

三角梅在阳光下闪着紫红色的光芒

如同宝石一般

大花紫薇落下朵朵粉嫩装点着草丛的青绿

蚂蚁在已腐烂的花瓣边井然有序地奔忙着

偶有黄白相间的蝴蝶翩然其间

现出自得其乐的模样

旅人蕉与火焰树的绿意在头顶相织

并最终连接在了一起

阳光正好烘暖了小猫懒洋洋的睡意

鸟儿们飞着飞着

突然滑向天际

白云看上去时近时远似的

人在其中

似乎再没有想说的话

在一整片寂静之中

仿佛万物都正以美好相映着

也包括无数的"我"和"你"

在一段寻常的午后时光

与｜风｜吟

远方的问候

有时记忆将日子拉得悠长

以至于当你在电话那头问起我的近况时

竟突然不知该从何说起了

于是只得含糊作答

"我好像变了"

"也好像没变"

"也许那不变的以后也不会变吧"

此时

黄昏的一抹斜晖正巧透过窗台

打在白色贝壳做的风铃上

那暖红色的光

浸透在空中

霎时便温暖了一片

偶有小风习习

引得贝壳一阵阵噼啪作响

暮色在不经意间

好似悄声说着

或许这一切尽是最好的安排了

一个答案

已是多久不曾提起

关于人生的千回百转

以及其间那些酸甜苦辣了

对于那些有可能会触及灵魂的话

人们总是唯恐避之不及的

可以说的都已经来来回回说过百遍了

剩下那无法言说的也只好烂在肚子里

而此时

电话那头的你却突然问起

关于风的形状

以及叶落之后的秘密

你问起

山上的花都开尽了吗

而这一次

我也终于鼓足了勇气

就像一生只有一次机会那般

决定直面自己

于是我说

"关于生命的绽放

它该是全然的

或许——或许——

爱亦当如此"

而这一次

不同的是

自己却不再期待电话那头的回答

而对于生命

我心已许

风起时

风起时

金色的阳光闪耀在水面上

惊起点点如梦幻般的涟漪

大山的身影深远辽阔

如一镜到底

风起时

天空如平静的湖面

蓝得一览无余

偶有云絮飘过

悠游自在好不快活

而此刻的你

只是定定地望着眼前的一切

仿佛终于明白快乐与痛苦都是易逝的

也不再囿于有关爱与不爱的博弈之中

而对于生活的答案似乎也已了然于心

与／风／吟

风起时

也许一切终将落回到爱里

从此

你便只会因为美好而哭泣

简单爱

远处

一只鸟儿缓慢地盘旋在空中

应风而起

徐徐上升

直抵天际

有时

生活竟好像突然变得简单了起来

做一件事的时候就纯粹地做一件事

既不拿它作为一种手段

也不妄图通过它去达成某个目标

只是全心全意在当下里

仿佛那里既是最终也是最初

好似一种全然

就像花儿一样

在绽放的每一刻就已经是全部了

就像爱一样

水月交光　抑或风轻云淡

一切如其所是般美好

彩虹国度

水蓝蓝的天上

云朵变幻出各式各样

如同白色玉石做的浮雕一般

时而活泼灵动

时而典雅优美

时而生动朴拙

时而曼妙婀娜

原来啊原来

你眼中世界的美好

就是你自身的美好

梦想中那个彩虹的国度

魔法棒一直就在你自己手上

当心中的花儿全然绽放

整个世界都会充满了芬芳

而这一次

就请只管缘着内心的方向

迎向光

任它斗转星移

从此永不回转

与\一\风\一\吟

如果爱忘了

如果爱忘了

请望一眼头顶浩瀚的夜空吧

那浑圆的一轮满月

早已预示了生命的圆满

那点点星火的璀璨

未尝不是来自你心底的光

当风吹过时

也阵阵清澈如你啊

如果爱忘了

就试着将心中的泪滴串作珍珠般收藏

颗颗无不是通往生命宝藏的标记

那源头的丰盛

何尝有一刻不属于你　承载着你

而那些你以为是你的　失去了的

又真的是你吗

当阳光洒下

也依旧通透如你啊

如果

爱忘了

如果

梦醒了

与一风一吟

再见时已是深秋

再见时

你我或许都已有所不同

曾经也看山不是山

看水不是水啊

在这样一个深秋的季节里

是什么变得模糊

而什么却似更加清晰了

也许是秋海棠的明媚

也许是头顶那片天空的湛蓝

所幸的是一切都是崭新的

无论是你眼底的清澈

还是我心底的温柔翻涌

看啊

香樟树的叶子红绿相间的

在风中

是那样生动

在似这样一个最美的秋里

在那一天

在那一天

好似突然明白

人与人之间

光是遇见就已经足够美好了

岁月突然就被诗意地划分为了

"在那之前"与"自那以后"

在那之前

并不曾想过人与人之间竟真有所谓的一见倾心

分明对彼此一无所知却又仿佛已相熟了几辈子

原本话都没有说过几句却好似欲将一生都相许

自那以后

每当黑夜来临时便再也不会害怕孤单

想要记挂谁时也总有个人似那般难忘

每次展翅飞远时也知道总会有个落脚的地方

在那一天

自己终于见到了心中那道彩虹的模样

而脚下的路也好似越走越宽

与／风／吟

在那一天

便好似确切地知道了

有些遇见

从一开始就没有离别可言

又或许

说离别终觉太浅

与一风一吟

跳动的心

或许确实相隔得太久了

早已经记不得第一滴眼泪落下的时候

自己的模样

以及这个世界的模样

但那又有什么重要

如果心已被拨弄

就让它从此只为了美好而跳动

又何必在意那些生离死别与命运多舛

也许那都算不得什么

如果爱已被播撒

就让它以无论什么形式存在着

你知道的

在这浩瀚的宇宙中我们总会一遍遍重遇的

记起不知是谁说过

也许悲伤中会有爱的成分

但爱中却从没有悲伤可言

与／风／吟

当时的明月

对于一段时光

也曾不忍流逝　小心珍藏

对于一段回忆

也曾柔肠百结　遍遍回望

对于一段情

也曾痴心不改　握紧不放

对于这一段人生

也曾汲汲营营　步履艰难

而到最后

能忆起的

或只有当时的明月

与阵阵晚风的温润如水

而到最后

也终是未能弄清

究竟是哪一种的"痴"

才叫人舍得用一世相偿

或许啊或许

关于生命的绽放

唯有一种方式才能够不辜负

那便是开得全然

与一风一吟

来自风中的记忆

那是一段来自风中的记忆

当你展翅飞翔

我目送你远去

将一切回忆都埋在了过去

迎向你的

是一片崭新的天地

不带一丝留恋

没有任何怀疑

如风一样的

又似所有遇见都宛若新生一般

那里没有我

甚至没有你

只仿佛每时每刻　每分每秒

都是鲜活

只有鲜活

而你

也终于活在爱里

你的笑

叫人久久无法忘却的

是你的笑

像一朵纯白的木兰花

深深地开在了心上

又似一抹鲜亮

穿透了四围的暗影

安抚着一个又一个清冷的夜晚

那笑

天然得仿佛从不需要任何的修饰

轻灵得好似天空中肆意飘飞的香雪

那明媚之中的一星子笑意

只瞬间便刺破了孤独的宿命

并誓要还与这世间一个透彻与圆满

竟叫人自此便完全地相信了

关于生命的美

原本就是这般触手可及的

好像挂在枝头一朵白色木兰的香气

忽地就沉醉在人心底

从此便再也抹不掉了

与一风一吟

当幸福来临

蓦地　像是突然间发现

原来幸福来临时竟然是这样悄无声息

空气中并没有显现出任何的征兆

就连风的呼吸也还如同往常一般

而阳光的和煦也依然

唯此刻

内心的安稳却好似屹立千年的碣石一般

似一种无始无终的存在

就像真正的爱原本就不需要任何缘由一样

幸福正好似某种源头般的存在

从前种种为它设置的限制或附加的条件

而今回想起来倒更像是带着几分孩子气了

而此刻

当你触碰到它

感受着它

竟像是遇到了一个已相熟几世的故人

似那般的平静与确然

仿佛此前从未曾有过任何迷惘或找寻

而此刻

从心底涌起的

无论那是什么

你就是确切地知道

从此自己再也不会失去它了

一如太阳总会照常升起那般

与一风一吟

日上三竿

就像每粒种子都渴望破壳而出一样

一旦人们意识到自身的局限

除了超越它之外

或许再没有其他的选择可以做了

这或许是出于某种创造的本能

又或是单纯地出于对生命的热忱

那勃勃的生机与生生不息

也许才是根植在你心底最深处的信念

从来无须怀疑自己的勇气与胆量

无论如何你总会想尽办法让自己绽放

当你真的意识到那萎缩与衰败的危险

那一刻你总会做出最好的应对

或是回到那生命与爱的源头里

并从此彻底消融它

而在此之前

你并无须恐惧

快快醒来吧　孩子

此刻已是日上三竿了

当阳光再次洒落

人生中幸有几次看似重新来过的机会

让一切归零

从头开始

那感觉仿佛回到了刚刚出生时那般

而庆幸的是

每一次你都会选择向阳生长

从看似荆棘丛生或乌云密布中

再一次地看见美　发现光

去感激那些一直还在心里的

也许从未被遗忘的

当阳光无所保留地再次洒落

你似乎终于知道

那仿佛可以穿越时空

直逼灵魂的

又好似一直深藏在人心底的

那一抹暖意

究竟是什么了

你知道

它还将会永恒存在着

你知道

或许生命本身就是你的信仰

与／风／吟

一个奇怪的梦

梦中

你笑了

在一片蓝天下

在与一群人的嬉闹中

笑得那样无邪又欢逸

如同孩童一般

周身满绕着有如幻彩般的肥皂泡

知道吗

从前因为你的离逝

我曾每每神伤　无法释怀

在雨中或月下

执着于一种自我及其悲伤里

强调着自身的受伤以及苦痛

将自己囚禁

现在　你笑了

我的心也好似突然被打开了

在一片坦然与平静中

仿佛整个世界都被喜悦充盈着

再也无所惧怕似的

梦醒时分

屋外正值清晨

山中朝雾笼罩

眼前白茫茫一片

只是美丽！

只是美丽！

与／风／吟

过一种没有冲突的生活

从今天起

就让我们携手

过一种真正没有冲突的生活吧

而我和我　我和你　你和你

又有什么本质的不同吗

抛开那些造作与虚饰的表面

无论是那内心的孤独与空虚

还是恐惧与依恋

关于心与心

到底有什么不一样呢

而人这一生确实太短

也许我们已耗费了太多的时间去垒筑高墙

又绕了太久的路去追逐所谓诗与远方

鸟儿都有归巢的时候

为何我们却好似永远都在路上

也许是因为我们早已忘了

该要如何去拥抱了吗

不如从今天起

就让我们并肩

过一种真正没有冲突的生活吧

与／风／吟

逢遇此生

此时阳光透过竹帘

倾泻在狭长的木头茶几上

透过树的缝隙

停落在叶子舞动的绿意中

透过细软的风

跳动在如梦似幻的流波里

透过高高低低的山林

映照在一段静谧的午后时光

透过此起彼伏的心绪

晕染了人生的某个片段

一切所经历的

已不必再提及

一切未可知的

恰似翩然云起

江面上偶然传来几声鸣笛

浑厚而辽远

此刻

人在漂泊半生之后

也终于逢着心安

似那般圆澄而静妙

与一风一吟

往生命的开阔处

如果现在你问我

关于人生的归处为何

我只想告诉你　孩子

请往生命的开阔处

无论你身处何时何地

出身怎样又或者际遇如何

请往生命的开阔处

这并非仅是一种勇气

而更像是一种明智

当你真正怀抱未知与谦卑时

智慧之门也便自此敞开了

对于内心时时的觉察与了解

或是领悟那生命奥义的钥匙

这需要一种真诚

需要诚实地面对自己与世界

也需要一种清晰

需要舍弃对于权威的附和独自探索

孩子　你知道的

这从来就不是时间的问题

也根本无须任何等待

关于生命的疑惑

那些恐惧与依恋

抑或那种种绑缚于你的

如果你真的想要看见

就在此时此刻

请往生命的开阔处

让心中的善之花绽放

与一风一吟

于真正的无知中

不得不承认

在面对生命时

人们常常是无知的

既不知道该如何彻底终结悲伤

也不知道怎样才能让快乐永续

既不知道如何得到真正的安全

也不知道怎样能让拥有不再失去

既不知道如何让一切暴力终止

也不知道怎样才能让冲突不再继续

既不知道真正的爱是什么

也不知道怎样恰当地接纳与给予

既不知道如何阻止分离

也不知道怎样才能真正结为一体

既不知道什么才是永恒

也不知道怎样才叫独立

但于真正的无知中

会有真正的看见

于真正的无知中

会有真正的学习

于真正的无知中

生命正在悄然展开着

于真正的无知中

人们最终了解了关于绽放与美丽

品尝到有如朝露般的甘甜与新鲜

并不再盲目地找寻或去赋予意义

与｜风｜吟

经　过

山路两旁绿树成荫

枝桠交接伸展

由半空中密织成穹顶

阳光透过层层叠叠的叶子

照射下来

形成一道道雾状的光束

想起你说

痛苦只是流经你

是啊

也许于生命长河之中

我们自身也只似一朵朵有如浪花般的流过

此时　抬头远远望去

云彩很淡

淡成一道背景　一种辽阔

人在其间恍然如梦

少顷之后

云絮散尽

天空呈现一片净蓝

如果的话

如果人们

快乐时只是快乐

不去谋取

悲伤时只是悲伤

不曾记忆

如果人们

得到时就只是得到

没有比较

失去时就只是失去

不想累积

存在时就只是存在

不再惧怕

如果人们

在一起时

就只是在一起

如同鸟儿

飞翔时

就只是飞翔

歌唱时

就只是歌唱

与风吟

隐

人这一生

或许并没有多少惊涛骇浪的瞬间

有的只是平淡无奇与日久弥新

也许时不时还会生出归隐的念头

在寂寞散场之后

或是在疲惫不堪以前

去邂逅

一片久违的宁静

或尝试去回溯一颗初心

去重新回到大自然的怀中

看真正的风起与云涌

听一夜的蛙叫与蝉鸣

邀一邀明月

或数一数星星

去淬出一腔炽热与天真

或澄出一份纯粹与恒永

然后明白

然后才似明白

其实真正的归隐又何须在山林

黄昏唱晚

此时

船只停靠在水岸

白鹭跃飞在水中央

人们归歇在田垄

秋天的庄稼已被收割

露出浑黄厚实的土壤

此时

一半是落霞　一半是山色

天上一轮圆月当空

皎洁得刚刚好

月光正巧照向湖心

在水面拖出一道微漾的光带

了然　澄明

此时的自己

沉默着

与一风一吟

却并没有必须抵达的地方

只任心绪随着远处炊烟

<u>丝丝</u>　袅袅

升起在天上

与风吟

每每不忍心

人这一生

不知流过多少泪

才能终于狠下心

又不知流过多少泪

却终究还是不忍心

每每

总会不忍心于

一些毫无结果的执着

一些没完没了的追逐

一些不抱希望的挣扎

一些铭心刻骨的伤痛

一些无可逃脱的苦难

每每

又会感动于

一些经年累月的赤诚

一些平白无故的善意

一些彻头彻尾的相信

一些诚心诚意的天真

一些一无所求的勇敢

那些

有如阳光般的微笑

有如山泉般的眼神

有时

以为懂得了

却并没有真正看见

有时

以为看见了

却又不曾真正懂得

到头来

或许终究只是不忍心

既不忍心看见

更不忍心看不见

晨雾中日出

此时

晨雾从空中缓缓升起

朝整个湖面弥散开来

漫过一丛丛金黄色的芦苇荡

漫过一艘艘五颜六色的船只

漫过远处的大山所投射的剪影

将黄的　蓝的　粉的全都匀成了一片

铺满在人心里

四围一片寂静

只偶尔有海鸥从头顶或眼前掠过

一只只　一双双

人们全像敛着气　凝着神

在等

等那倾慕已久的朝日从山的一角崭露

等一种无以言说的美好

等一个红彤彤的希望

等一场有如痛快绽放之后的尘埃落定

在等

然而任谁也说不清

究竟是何种神力

竟将眼前所有景象全都融合在了一起

片刻之后

终于日出了

在清清朗朗一轮朝阳的映衬之下

在这个如同醉了似的清晨时分

织就了一个叫人醒也醒不来的梦

此刻晨雾继续弥漫着

薄成纱

仿佛除此之外

人生海海

已再没有什么需要被谈及或记起的了

与一风一吟

偶　遇

不知道是从什么时候起

开始喜欢上生命中的种种遇见

比如

夏天的傍晚明霞满天

秋天的银杏树叶落下金黄

春日里丝丝缕缕的如烟细雨

冬日里初照大地的一轮朝阳

又比如

路人脸上绽开的微笑

晚风中递来的几句关切的话语

凹凸不平的石板路面映出三三两两错落又独自的身影

海鸥像是被惊着了似的忽地从湖面飞起旋即又四散开去

就喜欢这样

好像内心是敞开的

正迎接着一切到来

与／风／吟

却又似在千帆过尽后

依稀记起你说

在那绝对的美好中会有绝对的寂静

也许　反之亦然

与／风／吟

一半的湖面

也许面对生活

我们谁都已经尽力了

去努力　去选择

去寻求一个看似更好的未来与结果

有时

也盲目地去区分喜欢或是不喜欢

按照我们信任的某个尺度或者标准

甚至不惜被围困

或许这些都还只是停留在表面

抑或正是这些定义与区分让我们好似越绕越远

看啊　此时黄昏下的一汪湖水

被阳光映照成半是浅粉半是淡蓝

不作区隔却又交融得刚刚好

恰似一种无限包容的美

或许

我们常常要学习的

不是控制而是接纳

让一切随顺自然

转　变

是否到现在

我们依然还在等

等晴天里一个电闪雷鸣

或是等待人生的故事拥有一个全新的开篇

是否到现在

那些以为的转变实际却仍还在原点

到头来我们只是寸步未移地固守着昨天

是否到现在

我们依然一面叫嚷着崭新的明天

一面却又无法面对自己的一颗真心

是否到现在

我们口中的旧貌

却始终未能换来新颜

又或许

我们所谓的转变

却是因为无法接受自己真实的样貌

与一风一吟

那些恐惧或依恋

是否到现在

我们其实从未曾想过要真正地终结

而只是想要逃跑

与一风一吟

说不清的美

究竟是哪一种的美

让你竟然说不出一句话

说不清晨雾如何梦幻

日出如何清朗

说不清山峦如何秀丽

湖水如何澄碧

说不清湖面如何被染成半是浅白　半是湛蓝

说不清红霞如何浸透了天边

让天空看上去越发一望无垠

说不清阳光下金灿灿的芦苇荡美得如何绚烂

也说不清自己的一颗心

究竟是醉在了哪里

更说不清究竟是怎样的智慧才能成就这样的美丽

又究竟是哪一种的美

让你从此以后

唯愿以美好相映

白色月光

到现在

偶尔还能记起的

或许是那天的天气

并算不上特别晴朗

而永远无法忘却的

却是你的背影在一道光下

看上去坚实又温暖

到现在

偶尔还能记起的

是那天的光线好似有一些昏暗

而永远无法忘却的

却是你在人群中不停傻笑着看向我的模样

到现在

偶尔还能记起的

是那一晚夜空中洒下的白色月光

而永远无法忘却的

却是你将眼泪落在了我心上

与／风／吟

一生中好些事

或许只有真正看见

才能真正明了

也只有真正看见

才能真正放下

但那一天　你的样子

还有月光的样子

却不知为何

便从此印在了我的心上

再不曾变淡

有一种热爱

有一种热爱

会让你觉得时间永远不够

少一分　少一秒

说一生都还嫌太早

有一种热爱

会让你不再着意于表面的光鲜

而是安住于内心的踏实与平静

有一种热爱

你只得用生命之火去淬它

直到燃尽所有那些自大与虚妄

只留下纯粹与真善

有一种热爱

会让你想要一直走到最后

没有条件

也无须理由

有一种热爱

会让你比坚定更坚定

与／风／吟

比勇敢更勇敢

而有一种热爱

却更像是一种成全

并让你最终成为爱本身

凤凰花盛开的山坡

你说

一生总是太难

关于生老病死的事

也许只能生扛

你说

一生总是太短

还不够从头到尾爱一场

你还说

就算读懂了所有的道理

也依旧过不好这一生

也许啊也许

在那快乐与悲伤背后

在那堆砌的自我背后

在种种人云亦云的道理背后

仍然还有着其他的真相

但那又有什么关系呢

给出的时候也有全心地给过

要走的路也曾坚定地选择

你吃的苦我也曾尝过

而你的美

也从此绽放在了我心上

不是吗

看啊

凤凰花重又盛开在山坡

黄昏下的二胡仍在咿咿呀呀吟唱着

与一风一吟

祭　奠

我不知道

还要多久的时间

才足够祭奠一段已死去的回忆

也不知道

还要多久的时间

才足够填补自己亲手制造的空虚

我不知道

还要多久的时间

才能够疗愈那些因自以为是留下的伤

也不知道

还要多久的时间

才能够让一段痛苦经过后再不会重返

但

如果可以的话

不妨用一次次的重生

去答谢当初相遇时的美丽

与／风／吟

但

如果可以的话

不妨用一颗依旧完完整整的心

去痛痛快快地从头爱一场

与一风一吟

参

往往叫人惧怕的

或许并不是死亡本身

而是人面对死亡的过程

是那种随时都有可能会失去的无助

也是那种仿佛怎么做都已无力回天的孤苦无依

然后才明白

能够疗愈死之悲辛的

也许从来就不是接受抑或看破

而是那对于生之欲念

以及对于活着的竭尽所能

是否一个人

得到过也失去过

快乐过也痛苦过

甚至生过也死过

才能对所谓成败功过绝口不提

但不知为何

至今仍有一个"情"字

却总叫人反反复复参也参不破

悟几遍情到浓时浓转淡

又几遍舍不下也终须舍

脚下的路

到如今

脚下的路仿佛越走越长

却也似越走越清晰

而在这条内在探索的路上

收获更多的或许却是对于自己的了解与接纳

是终于明白

自己就是世界

世界就是自己

也许从此你便再也无须将万水千山走遍

而是学会了在每一天里遇见

去觉察　去聆听

去看见生命正是在每一天里展开着

而这世上最美的遇见

也每每是在你毫无准备也完全没有期待之时

是当真实遇见真实

当良善遇见良善

当美好遇见美好

是当一种绽放遇见另一种绽放

生命总在自然中绽放

就像

天空总要有鸟儿飞翔

江河总要有鱼儿游荡

就像

草木总要归根于土壤

崖石总要归根于大山

或许生命总在自然中才会绽放得更加绚烂

而关于爱

我们从今也许再无须去证明些什么

也不再需要奋力去谋求了

在不断地了解了什么不是它之后

它正变得愈来愈清晰

而此一生若还欲有所得的话

也再没有比拥有一颗健康、完整、没有

冲突的心灵

更加珍贵的了

待回转头时才似突然明白

也许爱

我们已经说了生生世世的爱

始终就在那里

与一风一吟

诗意地活着

多年以后的我

好似终于明白

原来永恒

并不在有晨雾弥漫的山间

也不在有彩虹出没的天上

并不在有阳光朗照的清晨

更不在有流星划过的夜晚

原来永恒

只存在于时间消失的地方

你可以叫它当下

也可以叫它永远

而这世间最浪漫的

莫过于或灵魂深处的相知与相惜

抑或生命在绽放时的美丽与芬芳

而诗意地活着

也许便是终生浪漫的开始

不如现在就起舞吧

伴随着心中的鼓点与节奏

迎着清风或是乘着晚霞

在破晓时或是星空下

一遍一遍舞动

与风吟